Dan likes Dot.
And Dan likes to nap.

Dot can't nap.
She likes
Dan's pack.

She likes Dan's cap.

Sad, sad, Dot.

Dan is not mad.

Dot likes Dan.

## Target Letter-Sound Correspondence

Consonant /d/ sound spelled **d**

**Previously Introduced
Letter-Sound Correspondences:**
Consonant /s/ sound spelled **s**
Consonant /m/ sound spelled **m**
Short /ă/ sound spelled **a**
Consonant /k/ sound spelled **c**
Consonant /n/ sound spelled **n**
Consonant /k/ sound spelled **k, ck**
Consonant /z/ sound spelled **s**
Consonant /t/ sound spelled **t**
Consonant /p/ sound spelled **p**
Short /ŏ/ sound spelled **o**
Consonant /g/ sound spelled **g**

## High-Frequency Puzzle Words

| | |
|---|---|
| go | the |
| like | to |
| likes | we |
| **my** | you |
| **she** | |

*Bold indicates new high-frequency word.*

## Decodable Words

| | |
|---|---|
| am | is |
| and | mad |
| can | man |
| can't | Mmmm |
| cap | nap |
| Dan | not |
| Dan's | pack |
| dog | Pat |
| Dot | sad |
| I | stop |

17